LOS BEBÉS DE LA SELVA

LAS CRÍAS DE LOS LOROS

por Genevieve Nilsen

TABLA DE CONTENIDO

tadpole en español

PALABRAS A SABER

alimenta

árboles

crías

mamá

selva tropical

vuelan

LAS CRÍAS DE LOS LOROS

¡Estas son crías de loros!

Ellas viven en la selva tropical.

Viven en los árboles.

Mamá las alimenta.

Ellas crecen.

Pueden ser de muchos colores.

plumas

Estos loros son azules.

Estos loros son rojos.

¡Ellos vuelan!

¡Qué lindos!

¡REPASEMOS!

¿De qué colores son estos loros?

ÍNDICE